EMPLOI

DE MA DEMI-SOLDE.

DE L'IMPRIMERIE DE PLASSAN. RUE DE VAUGIRARD, N° 15.

EMPLOI

DE MA DEMI-SOLDE,

OU

BUDJET

D'UN

SOUS-LIEUTENANT EN EXPECTATIVE.

PAR UN OFFICIER

DU 3ᵉ BATAILLON DE LA LÉGION DU G.....

A PARIS,

Chez LADVOCAT, libraire-éditeur des *Fastes de la Gloire*, galerie de Bois du Palais-Royal, n° 197.

1818.

EMPLOI

DE MA DEMI-SOLDE,

ou

BUDJET

D'UN SOUS-LIEUTENANT EN EXPECTATIVE.

~~~~~~~~~

Nunc eadem fortuna viros tot casibus actos
Insequitur: quem das finem, rex magne, laborum?

VIRG. *Æneid.* lib. I, v. 248.

————

PARDONNEZ-MOI, Messieurs, un si grave sujet;

Je vais vous ennuyer : c'est encor un budjet;

Mais ma Muse aujourd'hui veut chanter ma misère.

Naguère un mien collègue, ayant la solde entière,

Se trouvait malheureux d'être en activité,

Et semblait renoncer à la félicité :
~~~~~~~~~

Certes, je lui verrais l'ame encore moins gaie

Si depuis trente mois, n'ayant que demi-paie,

Il touchait comme moi juste quarante francs ;

Il serait bien forcé de se serrer les flancs. . . .

On s'étonne comment cette somme modique

M'a suffi jusqu'alors ; l'histoire en est comique.

Il est des restaurans où, pour mes vingt-deux sous,

Je puis calmer ma faim par un potage aux choux ;

J'ai trois plats à mon choix, ma bouteille de bière,

Du feu même en hiver, non compris la lumière,

Linge blanc, un dessert (bien mince portion),

Et du pain, qui plus est, à ma discrétion ;

Et quoique chaque mets soit d'un goût détestable,

Je crois avoir dîné quand je quitte la table ;

Mais pour ne pas d'un coup me réduire aux abois,

Je prends quinze cachets qui me durent un mois ;

Aussi ne m'y voit-on que trois fois la semaine :

Quant au reste du temps, je vais chez la *marraine*

Où mon couvert est mis, soit que je vienne ou non ;

Mais c'est à la campagne, et ma foi, la saison,

Que rend mauvaise exprès ma fortune ennemie,

Dérange très-souvent mes plans d'économie.

« Comment, dira quelqu'un, c'est tout près de Paris!

» Un jeune homme autrefois était bien mieux appris;

» Un militaire a peur de marcher dans les crottes?.. »

— Oui; comptez-vous pour rien une paire de bottes

Qui me coûte si cher à faire remonter?

Sans cela des torrens ne sauraient m'arrêter;

Mais quand les noirs frimas feront place au feuillage,

Souvent de *Gentilly* je ferai le voyage. . . .

Quelquefois je reçois, pendant mon déjeûner,

Le billet d'un ami qui m'invite à dîner.

Il est une maison vers le quartier du *Roule*

Où tous les mercredis je vais faire la poule:

C'est là qu'on peut sans peine oublier son chagrin,

On y fait bonne chère, on y boit de bon vin;

Le maître du logis, d'un abord franc, aimable,

Sait faire en bon vivant les honneurs de sa table;

Il aime à s'entourer de sincères amis,

Qui prennent du plaisir, près de lui réunis.

On y parle spectacle, un peu de politique,

D'un célèbre procès, quelquefois de musique ;

L'un répète un bon mot, l'autre nous attendrit,

Et chacun de son mieux fait briller son esprit.

Enfin, quand l'appétit n'a plus rien qui le tente,

Et lorsque les liqueurs ont comblé notre attente,

On se lève de table et l'on passe au billard,

Où toujours mon adresse invoque le hasard ;

Et quoique le *patron* me traite de mazette,

Je gagne encore assez pour lire la gazette.

Ah ! si tous mes amis agissaient comme lui,

Je passerais mon temps sans connaître l'ennui ;

Mais chacun ici bas, même au sein de mes proches,

Semble plutôt, je crois, redouter mes approches.

Qu'on ne me parle point de ces sortes de gens,

Mieux vaut un bon ami que de certains parens !

Si j'en vois quelques-uns, abrégeant ma visite,

A l'heure des repas je m'esquive au plus vite ;

Je craindrais, à leurs yeux, d'être venu chercher

Un dîner que leur cœur saurait me reprocher.

En revanche, il en est que j'estime, que j'aime,

Et qui, j'en suis certain, pour moi sentent de même.

J'en connais un surtout, que j'ai vu réformer,

Un brave Commandant, je pourrais le nommer;

Il a chez lui sa mère, une épouse, une fille....

Un fils plein de talens, l'espoir de sa famille;

Eh bien, quand je les vois, m'engageant sans façon,

Ils me regardent tous comme de la maïson.

Voilà, Messieurs, des gens qui, je crois, savent vivre,

Et l'exemple excellent que chacun devrait suivre!

Autant que je le puis, je ne prends rien le soir;

Cependant je vois fuir le quart de mon avoir,

Pour pouvoir, le matin, à mon cinquième étage,

Manger un peu de pain et parfois du *fromage.*

Assez près du *Pont-Neuf,* au quartier *Saint-André,*

Il existe une rue où je vis ignoré;

Elle est assez tranquille, on la nomme *Christine;*

Des presses de *Pillet* ma demeure est voisine;

Une porte-cochère, un fort bel escalier

Conduisent à mon gîte..... à côté du grenier;

Mais le dernier étage est construit de manière

Que le jour, qui m'envoie à regret sa lumière,

Rabaissant mon orgueil, me fait changer de ton.

Procédons avec ordre : on entre; que voit-on?

Une commode, un lit, une glace, deux chaises,

Un fauteuil sur lequel on peut prendre ses aises;

Une table à jouer, dont je fais le bureau,

Qui me voit à présent me creuser le cerveau;

Sur un porte-manteau mes anciens uniformes,

Qui ne sont bons à rien par suite des réformes;

A droite est mon chapeau, garni de ses pompons,

Mon bonnet de police, et puis des éperons;

A gauche, un baudrier auquel pend mon épée,

Avec des ceinturons dont l'étoffe est râpée;

Mon réduit a tout l'air d'un petit arsenal :

Ici c'est un shakos, là mon *demi-bancal*,

Qui sut me préserver des fâcheuses rencontres;

Au-dessus du foyer l'on voit deux porte-montres,

Doux présent d'une amie, et près d'eux un portrait

Qui retrace, dit-on, mon père trait pour trait;

Plus loin, mon hausse-col avec mes épaulettes

Ont, je crois, pour pendant la boîte aux allumettes;

J'ai décoré les murs de cartes et de plans

Que j'ai faits, la plupart, depuis deux ou trois ans :

On reconnaît très-bien l'*École-Militaire*,

Qui me rappelle un temps qui ne me plaisait guère.

Je sais peu le dessin; mais mon faible pinceau

Cherche à créer parfois quelque léger tableau.

Ah! qu'il me paraît dur, pendant mon long semestre,

De payer mon loyer vingt francs chaque trimestre!

Encor le mobilier par ma tante est fourni;

Car que serait-ce donc si j'étais en garni?

Je fais du feu chez moi le moins qu'il m'est possible,

A mon tempérament je crois qu'il est nuisible :

En quelque lieu qu'on aille, on en trouve en hiver,

Et d'ailleurs à Paris le bois coûte trop cher;

Dans les temps rigoureux je brûle quelques mottes,

Et me sens réchauffé quand j'ai ciré mes bottes.

Non loin de *St.-Germain*, qu'on nomme l'*Auxerrois*,

Antique monument, paroisse de nos rois,

Est le café *Momus*; là, mon humeur frugale

Pour un prix modéré quelquefois se régale :

Tout est moins cher qu'ailleurs; l'affiche en dit le taux.

Ce qui m'en plaît surtout, j'y trouve les journaux :

Sur celui des *Débats* ma critique s'exerce ;

Je lis avec plaisir le *Journal du Commerce*,

Il est impartial; pour celui de *Paris*,

Je l'aime encore assez, mais sans en être épris;

La Gazette m'ennuie, et puis je me réserve

Le dernier numéro de la docte *Minerve*;

Plusieurs de nos savans en sont les rédacteurs,

Et comme ils sont français, ils ont quelques lecteurs.

Après m'être nourri d'affaires politiques,

J'entre au *Palais-Royal*, dont les riches portiques

Offrent à mes regards des objets précieux :

Hélas! pourquoi faut-il n'y toucher que des yeux !

Quand, las de parcourir ces longues galeries,

Je veux voir un ami, je vais aux *Tuileries*.

A peine y suis-je entré que, sans me détourner,

J'en rencontre une foule occupée à .... flaner.

L'un, que je vois souvent, excellent militaire,

A l'*Enregistrement* s'est fait surnuméraire;

L'autre, qui de l'hymen a contracté les nœuds,

Pour tâcher de les rompre a beau faire des vœux:

Victime de l'amour et de son imprudence,

Il va payer bien cher un jour d'extravagance;

Je reconnais cet autre à son air martial,

C'est le digne neveu d'un fameux général.

Je vois au milieu d'eux un brave camarade,

Bien digne à tous égards de porter la grenade;

Il eut à soutenir une affaire d'honneur

Qu'il lui fallut vider; mais notre Gouverneur,

Qui sur ce point surtout n'entend pas raillerie,

L'avait fait sur-le-champ coffrer à l'*Abbaye:*

Il y fut renfermé pendant plus de six mois,

Et paraît aujourd'hui pour la première fois.

Un de nos bons amis retarde notre marche,

Mais nous l'excusons bien de sa lente démarche,

Il pèse avec efforts sur sa jambe de bois :

Qui le croirait pourtant? il avait eu la croix,

Et ne la porte plus; lorsqu'à ma connaissance

Il existe des gens, bouffis d'insuffisance,

Qui, pleins d'un sot orgueil, et fiers de la porter,

Sont encore à chercher s'ils l'ont su mériter.

A peine à la moitié d'une des avenues,

Nous trouvons une bande et faisons des recrues;

L'un d'eux en ce moment n'ose rester chez lui,

Et ne voit qu'en tremblant le visage d'autrui :

Forcé de se cacher, il vit chez une femme

Qu'il méprise d'ailleurs dans le fond de son ame :

Il s'est rendu garant des dettes d'un vaurien;

Mais comment les payer, il ne possède rien?

L'autre, se confiant en ses dieux tutélaires,

Loin de la capitale et des *agens d'affaires*,

A su donner le change à tous ses créanciers,

Et se mettre, en fuyant, à l'abri des huissiers.

Qui ne connaît S. . . . . et tous ceux de sa race ?

Dès que j'en aperçois, je leur cède la place ;

Je ne puis voir de près ces maudits grippe-sous,

Qui ne sont, selon moi, que d'honnêtes filous :

Telle après un malade une avide sang-sue

S'acharne tellement qu'enfin elle le tue ;

Tels on voit chaque mois ces fâcheux usuriers,

S'engraisser aux dépens des pauvres officiers,

Employant auprès d'eux une certaine forme,

Leur prêter sur le pied d'un intérêt énorme,

Se trouver avant eux chez le *Sous-Intendant*,

Les attendre au passage et prendre leur argent ;

Ou bien, si l'un d'entre eux a gardé sa *revue*,

Aller chez le *Payeur* faire une retenue.

Heureux celui qui peut, modérant ses besoins,

En vivant comme moi, se passer de leurs soins !

Ainsi que dans mes goûts, simple dans ma parure,

Depuis bientôt deux ans le même habit me dure :

Je dois en avoir soin pour plus d'une raison ;

Je porte tous les jours un large pantalon,

Qui du marchand de draps vient grossir le mémoire;

J'use jusqu'à sa fin une cravate noire;

Je ferme mon gilet toujours jusques en haut,

Et l'on ne me voit pas souvent faire jabot.

Il est d'autres besoins que je dois satisfaire:

Avant le superflu je veux le nécessaire.

Quoique j'économise autant que je le puis,

Perdu dans mes calculs, je ne sais où j'en suis....

Ah! pour moi chaque mois est plus long qu'on ne pense;

Pour aller jusqu'au bout je réduis ma dépense,

En tâchant d'alléger son emploi journalier;

Comme un Sous-Lieutenant n'eut jamais de barbier,

A Paris, comme au camp, je me rase moi-même;

Je ne bois pas de vin dans ma détresse extrême,

Et comme le café me creuse l'estomac,

Je le retranche encore, ainsi que le tabac.

Je saurai m'en passer, je fume assez sans pipe;

Le sexe la déteste, et moi j'ai pour principe

De toujours prévenir le moindre de ses goûts.

Quant aux plaisirs bruyans je les réforme tous,

Vous savez le motif qui doit y mettre obstacle.

Je refuse les bals et renonce au spectacle ;

Avec le prix d'un seul je peux vivre deux jours ;

Cependant, s'il attire un immense concours,

On me voit quelquefois prendre une contremarque,

Et (chose assez plaisante et digne de remarque)

C'est que pour quinze sous je puis voir aux *Français*

Siffler un bon auteur et claquer un mauvais.

Mais tandis que ma bourse un moment se repose,

Toujours pour l'achever il survient quelque chose :

Tantôt c'est un chapeau que je fais retaper,

Ou mes cheveux trop longs qu'il faut faire couper ;

Tantôt à mon portier je donne des étrennes ;

Car, s'il m'attend le soir, il faut payer ses peines.

Non que je rentre tard : une heure avant minuit

Je suis pour l'ordinaire occupé dans mon lit ;

Je travaille, je lis, et lorsque ma paupière

Veut céder au sommeil, je souffle la lumière.

Comme à présent les jours commencent à grandir,

Le plus tôt que je peux je cesse de dormir;

Quand j'ai donné mes soins à mon petit ménage,

De quelque ancien auteur je parcours une page;

Ou je forme mon style, et pour le châtier,

Souvent la plume en main je noircis du papier.

J'oubliais; aujourd'hui que je n'ai rien à faire,

Puisque c'est mercredi, je vais au *Ministère;*

Je veux entretenir quelques solliciteurs,

Et j'y dois saluer deux de mes protecteurs;

J'en compte quelques-uns malgré ma triste mine,

J'ai su même en trouver jusques à *la Marine;*

Car, si je suis placé dans une Légion,

Et si mon nom figure au dernier bataillon

(Bataillon de Chasseurs, entièrement d'élite),

Croyez que je le dois, non pas à mon mérite,

Mais bien à ce que fit leur intervention.

Je verrai s'il se fait une mutation;

Mais à certains commis faire la révérence,

C'est racheter trop cher une sous-lieutenance !

Le Ministre aujourd'hui, tout couvert de lauriers,

En leur rendant justice, aura soin des guerriers...

J'entends quelqu'un me dire : « Il n'est pas difficile

» De trouver une place et de se rendre utile ;

» Avec votre conduite, et rempli de talens,

» Vous pouvez obvier à tous les accidens... »

— Vous êtes trop honnête, et je vous remercie.

Savez-vous ce que c'est que la bureaucratie ?

L'homme le plus capable et le plus estimé,

Si l'on change ses chefs, se trouve supprimé ;

D'ailleurs, il faut long-temps faire un apprentissage

Avant de rien gagner : eh bien, est-ce à mon âge,

Surtout lorsque j'attends que je sois rappelé,

Que je dois me lancer sans me voir épaulé ?

Irai-je, en attendant que je vous assassine,

Apprendre chez *Portal* l'art de la médecine ?

Auner chez un marchand des toiles, des tricots,

Et, blâmable à mon tour, singer les *calicots ?*

Ou chez un procureur avilir l'épaulette ?

Non, non, jusqu'à présent j'ai la conscience nette.

J'aime mieux, de la guerre affrontant les hasards,

Me ranger de nouveau sous les drapeaux de Mars ;

C'est le plus beau métier, et quoique roturière,

Mon ame n'en est pas et moins noble et moins fière.

Si je fus à *Lutzen* blessé d'un biscaïen,

Plus heureux à *Bautzen*, il ne m'arriva rien ;

J'eus mes habits coupés à la prise de *Halle*,

Mon sabre, à *Lowemberg*, brisé par une balle,

Et bientôt un boulet, que dirigeait Pluton,

De mon frac, à *Gorlitz*, vint couper un bouton.

J'eusse péri vingt fois sur le champ de bataille,

Si le Ciel ne m'eût fait d'une petite taille.

A *Dresde*, mon shakos fut percé de deux trous,

Si j'eusse été plus grand... eh bien, qu'en pensez-vous ?

Pour vous tracer enfin mon histoire complette,

Je reçus, à *Leipsick*, cinq coups de baïonnette...

J'aurais pu, j'en conviens, n'en jamais revenir,

Mais mon sort en ce lieu n'était pas de périr ;

Moi, sans la désirer, j'ai du goût pour la guerre,

On ne meurt qu'une fois, qu'importe la manière !

Je fus pris, il est vrai ; mais le Russe vainqueur,

Comptant sur ma parole, honora ma valeur.

Je dus la vie aux soins d'une aimable *Baronne*,

Pleine d'humanité, jolie autant que bonne...

Je ne manquais de rien, quoique chez l'ennemi,

Tandis que maintenant je ne vis qu'à demi !

Je sais bien qu'aux combats la paix est préférable,

Qu'elle est utile aux arts, aux lettres favorable,

Et que par le commerce elle soutient l'état ;

Mais on doit, avant tout, avoir soin du soldat.

Quand l'heure du danger sonnera pour la France,

On le verra marcher avec obéissance,

Dans les rangs ennemis braver mille trépas,

Et se faire casser ou la tête, ou les bras ;

S'il fait, sans hésiter, de si grands sacrifices,

Il faut récompenser d'aussi nobles services.

Quarante francs, grands dieux! comment un créancier

Peut-il être exigeant envers un officier ?

C'est à peine le prix d'un travail mercenaire,

Et payer bon marché le sang d'un militaire ;

Telle est pourtant ma solde. Est-ce ma faute à moi,

Si la France si tard a recouvré son Roi ?

Chacun sait que *Louis* est le seul légitime ;

Mais je n'en suis pas moins du Corse la victime ;

Je dois m'en consoler. Sans doute avec le temps

Mes collègues et moi nous serons plus contens ;

Car je suis jeune encore et ne perds pas courage.

Quelques grades peut-être, arrivant avec l'âge,

Me feront oublier le moment où j'écris.

Si j'eus un peu d'humeur, n'en soyez pas surpris ,

Ma misère en est cause. On sait bien qu'à la *Chambre,*

L'auditoire, attentif, pardonne à plus d'un *Membre,*

Lorsqu'il doit seulement discuter le budjet,

De le voir si souvent s'écarter du sujet.

De même on voudra bien, se mettant à ma place,

En faveur de ma Muse excuser mon audace.

Mes sentimens sont tels que pour servir le Roi,

S'il réclame mon bras, il peut compter sur moi.

Si je suis pauvre, au moins mon honneur est sans tache,

Et je puis, sans rougir, vous montrer ma moustache.

FIN.